새미시선 19

가을 들녘

전덕기 시선집

새미

이 도서의 국립중앙도서관 출판시도서목록(CIP)은 서지정보 유통지원시스템 홈페이지(http://seoji.nl.go.kr)와 국가자료공동목록시스템(http://www.nl.go.kr/kolisnet)에서 이용하실 수 있습니다. (CIP제어번호: CIP2014021863)

책머리에

우리는 자기의 언행에 얼마나 만족하며 사는가? 우리는 얼마나 자각하고 자성하면서 사는가? 이러한 질문을 스스로 던질 때가 있다.

시를 쓰는 과정에서도 그렇고 세파에 시달리면서도 그렇다. 나는 얼마나 적절한 시어를 찾아 표현해 왔는가? 지나고 나면 모두가 미완인 나날들이었다는 생각을 지울 수가 없다. 나의 삶, 우리의 삶은 언제나 미완이듯이……

문예 습작기부터 함께 '문예가족' 동인활동을 해왔던 황송문 교수가 나의 시선집에 특별한 관심을 보여주었다. 그동안 발행한 시집 11권 중에서 선정한 시들을 새롭게 선집으로 발행하자는 제의와 동시에 본인이 그 수고까지 부담해 준다고 하기에 오랜 시간을 두고 각고를 거듭한 끝에 결실을 보게 되었다.

그동안 일기처럼 난발해 온 시들을 한 권의 선집으로 엮으며 또 평설까지 써 주신 데 대해 진심으로 감사를 드린다. 나는 평소에 생각하거나 행동한 것들을 잘된 것이나 잘못된 것이나 간에 그 자체를 소중히 여겨서 하나도 버리지 않고 모으는 습관에 젖어 살았다. 특별히 청탁받은 축시라든지 기념일에 관한 축시들도 다 모아 시집 발행 때 기타 기록으로 포함시키다보니 시집이 어쩌면 잡지처럼 되기도 한 것 같다.

　나는 '오늘'이라는 이 한 날을 내 일생에 다시 오지 않는 '오늘로' 끝이기 때문에 그 소중한 오늘에 있었던 것은 잘한 것이나 잘못한 것이나 간에 다 소중하게 간직하는 버릇이 있다. 그러므로 이제 와서 이 시선집을 상재하게 된 것은 참으로 다행한 일이 아닐 수 없다.

그동안 서정시선집으로『그 땅으로 가는 길』(마을, 1996)을 성춘복 선생님의 평설과 함께 발행했고, 신앙시선집『영혼의 심지에 불밝혀』(1995),『그런 소리가 그립다』(2000),『하늘날개』(고요아침, 2006), 영문번역선집『나의 삶 속에는』(2008), 일어번역선집『석양 앞에서』(2008) 등이 있다.

출판이 어려운 때 기꺼이 책을 펴내주신 국학자료원의 정찬용 원장님과 새미의 정구형 사장께 심사하고, 황송문 동인 문우에게도 다시금 마음 깊이 사의를 표한다.

2014년 한여름에 춘우문화관에서
전덕기全悳惋 적음

차례

제1부 _ 새벽 빗소리

제2부 _ 새해 아침 기도

제3부 _ 그리운 시어들

제4부 _ 초가을 데생

제1부

새벽 빗소리

눈 오시는 아침

어느 먼 고향에서
보내어 온 소식이기에
저리도 반가운 아침에
함박눈으로 오시는가.

어떤 사연 그리움이 깊기에
너무도 할 말이 길어
하얀 백설로 소리 없이 오는가.

세상의 온갖 어지러운 번뇌
덮어주고 품어주려고
긴긴 겨울밤 지새워가며
하얗게 밤을 새워 오시는가.

하늘 입김으로 피워낸
하얀 겨울 꽃 되어
축복의 기도소리 소곤소곤
끝없이 쌓이고 쌓이고……

세상을 온통
순결하게 하시는가.

내 가슴 속에는

내 가슴 속에는
깨달음에 목마른 기도소리가 있다.

정원사의 가위에
싹뚝 싹뚝 잘려지며
다듬어진 맵시 산뜻한 목소리.

깊은 산속
반석 위에 흐르는 맑은 물소리
청순한 아침 일깨우는 새소리

봄 동산에 움트는 새싹처럼
파릇 파릇 싱그러운 그 소리가
내 가슴에 피어나
얼싸안고 볼 비벼대는
그런 목소리가 있다.

목련꽃에서

목련꽃에서
어머니의 얼굴을 봅니다.

가진 것 고스란히
피어 바친 후
비로소 얻는 잎새를 바라봅니다.

목련꽃에서
포근한 가정을 떠올립니다.

옹기종기 키워서
시집 장가보낸 후
하염없는 어버이의 심정같이
잎새 하나 없는
깡마른 가지에 피어있는
슬픈 웃음꽃을 바라봅니다.

깊은 밤 더욱
소담스런 목련꽃을 보면서
수심어린 어머니의 얼굴을 그려봅니다.

정숙하라, 고고하라 일깨우시던
자애로운 어머니의 목소리
가슴으로 바라봅니다.

청초한 달밤에 싸늘한 꽃잎이
한 잎 두 잎 질 때는
더욱 더더욱 귓전에 와 닿는
어머니의 음성 때문에
두 손 모아지는 기도가 됩니다.

당신의 빈자리

어머니 떠나신 자리에
제가 서서
당신이 맛본 인생을 삽니다.

－너도 살아보아라－

당신의 빈자리에
가득 채워진 음성이 있어
제 아이들에게도 전합니다.

가늘게 먹고 가늘게 싸거라
허욕 진 사람 얼굴에 개기름 흐른다.
남보다 덜 먹고 덜 자야
부끄럽지 않은 인생을 산단다.

누구 앞에서도 떳떳한 인생이거라
인두겁을 썼다고 다 사람이냐
사람다운 일을 해야 사람이지.

검은 머리카락 하나 없이
그렇게도 깨끗한 백발의 외할머니
그 앞에서도 50대의 당신은
청광하기만 하시더니
어른과 나란히 앉는 법이 아니라고
외할머니 옆에 앉은 나를
책망하시던 어머니
돋보기 너머로 바라보시며
무언의 긍정으로 화답하시던
당신이 제 속에 사십니다.

고향 눈

먼 고향 소식 전해온 듯
반가운 아침 하얀 뜰
찾아도 찾아도 티끌 하나 없는
하얀 백지 펼쳐진 눈의 나라.

세상의 온갖 더러운 것
덮어 주려고
긴긴 겨울밤 지새우며
찾아온 순결의 천사.

하늘 입김으로 피워낸
하얀 겨울 꽃 되어
소곤소곤 축복의 기도소리
쌓이고 쌓이어
눈 세상은 순결의 나라.

먼 고향 소식 전해온 듯
반가운 아침 하얀 뜰.

마지막 햇볕을

아직은 덜 익은 빛깔
마지막 내려 쪼이는
가을볕에 익는 과실처럼
그 햇살을 간절히 소원하네.
영혼이 철들기 위해.

쨍쨍히 내려 쪼이는 햇볕에
익어가는 곡식들이 고개 숙이듯
작열灼熱을 견뎌낸 오곡백과처럼
그 은총을 간절히 소원하네.
속사람이 영글기 위해.

알알이 풍만한 알곡 되고파
마지막 햇볕 쪼이며
순응하는 아름다운 자태여

그 순명을 간절히 소원하네.
순종의 미덕을 배우기 위해.

말씀의 바다

새벽마다
둥지의 창을 열면
온통 당신의 눈망울들
초롱초롱 밀려와
나는 한 마리 심해어
깊이깊이 헤엄쳐 간다.

구겨진 마음을 펴듯
세련된 몸짓으로
손을 올리고 발을 내리고
온몸을 쭉 쭉 펴면서
더없이 자유로운 헤엄을 친다.

짓눌린 가슴도 펴고
슬픔의 주름살도 펴고

오물을 씻어 내리듯
삶의 흔적을 지우며 간다.

올가미에서 벗어나듯
세상의 관계들을
툭툭 털어내고
독수리 하늘로 치솟듯
소망 찬 몸짓으로 헤엄을 친다.

내 마음 화단 되어

내 마음 화단 되어
마음 꽃 피우네
새 소망 다가와
온종일 소곤대네.

싱그러운 풀 향기에
잠기는 꿈나라
유년으로 회귀한 얼굴들
꽃들은 꽃끼리 속삭이고
잎들은 잎끼리 비벼대네.

아득한 날
유년의 꽃향기 성큼 다가와
무지갯빛 꿈속의 소녀
푸른 날개 달고
화사한 세상에 붕붕 뜨네.

보리밭

추수 마친 빈 들 쓸쓸할까봐
외면당한 겨울 땅이 슬플까봐
보리는 겨울 밭을 지킨단다.

꽁꽁 얼어붙은 겨울에도
푸르름 간직한
인고忍苦의 넋으로 사나니

봄의 선언서를 읽기 위해
겨울 들판을 굳건히 지켜낸
산발한 조상들의 신명이 살아난다.

눈물 항아리

고여 넘치지도 않으면서
가슴 밑바닥에 자리한
눈물 항아리

앞서가도 뒤서가도
가까워도 멀어도
서러움, 기쁨 다 끌어안을
기도 항아리

가슴 밑자리 아쉬움에
서원하며 매달리는
은총 항아리

모진 게 정이라고
샅샅이 비워도

어느새 새롭게 채워지며
끝내 곁에 자리한
눈물 항아리

항아리

속이 빈 탓으로
달님도 기웃거리고
이끼 낀 담장기와
벗 삼아 살았소.

속이 빈 탓으로
시시비비도 가릴 것 없이
이제는 무념무상으로
빈 마음 다스리는 세월이었소.

적요한 밤
빈집 기둥 울듯
가랑잎 지는 소리
안으로 안으로만 울었소.

새벽 빗소리

주루룩 주루룩
창에 부딪치는 빗소리에
잠이 싹 가신다.

봄을 가꾸시는 神의 전령인가
이 한 생 머무는
마음 밭에도 내려주소서—

꺾이어진 날개도 비상飛翔하려는
설레임에 영합迎合되어
흥건히 젖어든다.

도랑물이 차오르듯
어줍지 않게 살아온 인생
원혼의 회오리가 인다.

주루룩 주루룩
낙숫물 자국 패이듯
해마다 패여만 오는 나이테
나 홀로
다소곳이 쟁기질해 온 이랑

아득한 하늘빛에
마음 밭 가꾸며
기름 짜듯 의지로 짜 내리는
이 한 등신의 수액이 흐른다.

겨울나무처럼

겨울나무처럼
모두 버리고
떠날 때는 말없이
아픔도 모른 체
고요만 저자서서
홀로 서기를 한다.

그것은
忍苦의 産室에서 움트는
콩나물시루의 훈훈한 입김.

항상 눈송이 날리는
가슴이 되고
눈물이 주식이 되어
기도의 자세를 취한다.

홀로 서있는 시간에
기도하는 시간에
눈을 맞는
축복의 머리를 쳐든다.

새벽

새벽은 신神의 말씀
거동하는 밭이 되어
고랑마다 벙그는 은총
초록 파도로 넘실대네.

그 창창한 공간에
창세기 밀어密語가
만국기로 휘날리네.

찬양의 합창 안개로 피고
화동하는 여명이 번져
소생의 말씀이 꿈으로 영그네.

이 새벽을 찾는 이에게
이 새벽을 여는 이에게

이 새벽을 사는 이에게
말씀이 살아 꿈틀거리네.

소녀

5월의 아침
연둣빛 메아리로
청순한 이슬을 먹고
화사한 꿈을 키운다.

소녀의 꿈은 무지개
겨울 눈송이 쌓이듯
순결을 익히며 자란다.

소녀는 봄,
애틋한 몸으로
삶 위에 우수雨水 경칩驚蟄 데리고
봄비로 오시는 전령사.

소녀는 여름 잠자리,
희로애락 만끽하는
뙤약볕 먹구름 소나기 이끌고
보슬비 소리로 온 전령.

소녀는 꽃봉오리,
미지의 삶 위에
한 잎 두 잎 피우고
오색찬란한 무늬 새기며
열매로 온 전령.

소녀는 인생의 새벽,
줄기차게 빨아들인 태양빛으로
가슴을 부풀리고
줄기차게 달리는 곧은 길
풍만한 목련으로 자란다.

美人松

하늘만을 사모하고
한사코 뻗어 오르기만 하다가
벌거숭이 알몸인 줄도 모르고
송전탑처럼 우뚝 솟았는데

벌거벗고 우산 쓴 듯하여
벗은 몸 가리려고
부챗살 가지 펴보았지만

아득히 먼 아랫도리
감출 길 없어
수줍음에 움츠린 모습
미인송이란다.

백두산 천지 가는 길이서 만나
반하여 끌어온 소나무
내 앨범에 살아있는데
하이델베르크 고속도로변에서
다시 만나게 되니
고국의 오라버니 보는 듯하다.

씨앗

벼랑에 매달린 풀 한 포기
어느 바람결에 뿌려진
가파른 삶인가.

흙 한 줌에 지탱한
목숨이 경이롭다.

우리들 좋은 종자로 살고
씨앗으로 계승하는
영원한 삶의 씨앗이여!

옥토에 뿌려져
하늘빛으로 살기를
우리 모두들 기원한다.

귀성길

가슴에 쌓이고 쌓인 정
꾸러미 꾸러미 선물 보따리
전해줄 얼굴 떠올리며
긴 열차 행렬에 끼이네.

웃고 울던 일조차 그리움이 된
모정 스며든 향수
그리움에 살아나는 얼굴들

인생의 마지막 길을 가듯
언젠가는 가야 하는 길
잠시간 스치며
예행 연습이라도 하듯이
언젠가는
마침표 찍을 귀성길 가겠네.

가을날

햇볕이 따가워도
나무들 풀들 하늘을 사모하듯
팔을 벌려 만세를 부르네.

숲은 덩달아 오색찬란하고
완숙한 자연의 모습들
환호하며 즐거워하네

아아, 신비로운 빛
자연스럽게 하모니를 이루네.

가을은 발산의 계절
모든 빛의 산실로써
알곡으로 보람 있게 하는
결실의 결정체!

그 속의 빛과 열매는
잘 주고 잘 받는
생명과 사랑의 결실이라네.

물푸레나무로

물푸레나무로 길이길이 살면서
온 세상 푸르게 푸르게
아득한 지평선 만들어가리.

잘 휘어지는 성품을 살려
아이들 공부방 회초리로
장래가 촉망되는 영재들
이 나라 동량재로 기르리.

때로는 타작마당 도리깨로도
알곡을 쭉쭉 뽑아내어
농가의 풍년가 드높게 하리.

휘어지는 성품 따라
유연성을 기르게 하고
젊음의 가슴으로 영원히 살으리.

제2부

새해 아침 기도

새해 아침 기도

하늘이 열리는 아침이 되소서
하늘이 열리는 한해가 되소서
우리의 소원이 하늘에 닿고
하늘의 섭리가 우리 속에 깃들어
우리로 하여금 창조의 동력자로
하늘의 뜻을 빚어내게 하소서

아침에 돋는 해와 같이
이 땅에 추위와 어둠이 사라지는
점점 원만한 한낮의 태양같이
우리들 마음속에 원만하고
강렬한 사랑이 솟구쳐

우리와 함께 사는 이 지구촌
사랑으로 밭을 일구어

평화로 고랑을 치는
올해가 되게 하소서.

내 조그마한 가슴에도
창조주의 뜻이 담겨
날마다 용솟음치는 생명체의 정기
고요히 비읍는
왔다 가는 한 영혼의 흔적이
곱게 담겨질
투명한 해가 되게 하소서.

아침에 돋는 해와 같이
점점 원만한 한낮의 태양같이
붉게 타오르는 석양 노을같이
한 포기의 풀에서도 완성을 보듯

한 생명체에서 우주의 질서를 깨닫듯
당신의 품에서 이탈치 말게 하소서.

기도 1

하얀 백지 위에
당신의 그림으로 채우게 하소서.

헝클어진 삶일지라도
아름답게 모자이크하소서.

제가 갈 길을 모르오니
바른 길로 이끌어주소서.

이렇게 이렇게 뉘우치면서
주님의 뜻 미치지 못함을 슬퍼하며
밤을 지새우게 하소서.

다만 알몸으로 서있는 저에게
깨우침의 은총을 허락하소서.

기도 2

기쁜 소식으로 오시는 이여
모두의 가슴에 차고 넘치소서.

어두운 곳에 빛으로 오시는 이여
힘없는 곳에 생기로 오소서.

소망 찬 삶으로 오시는 이여
날마다 새로운 삶을 이끄소서.

거듭나고 복된 소식으로 오시는 이여
영원한 생명으로 이끄소서.

기도 3

태양이 빗살 지는 아침
만물이 눈을 뜨듯
한 날의 시작을
당신께서 눈뜨게 하소서.

노을 붉게 타며 기우는
한날의 마지막을
당신의 나래에
깃들게 하소서.

생명의 주인이시여
당신의 뜻에
합당하게 사는
슬기를 주소서.

마지막 익히는 그 햇볕을

나는 아직도 덜 익은 과일
마지막 내려 쪼이는
따가운 가을볕에 익는 과일처럼
그 햇볕을 간절히 소원하네.
영혼이 철들기 위해

쨍쨍 내려 쪼이는
가을 투명한 햇볕에
익어가는 벼들이 고개 숙이듯
그 작열 속 견디는 오곡백과처럼
나는 그 햇볕을 간절히 소원하네.
속사람이 영글기 위해

더 익히고 더 풍만한 알곡 되고파
마지막 햇볕을 쪼이는

순응하는 아름다운 자태여
그 햇볕을 간절히 간절히 소원하네.
순종의 미학을 배우기 위해

찬양하는 입

찬양하는 사람마다
성령 꽃 피어
오색찬란한 꽃대궐 이루니

그 속에
날개 돋친 말씀이
모든 이의 가슴에 박힌다.

뭉게구름 피어오르듯
화음은 성좌의 자리로
모두를 이끌어간다.

성찬예식에서

살 중의 살, 피 중의 피
뼈 속에 스며드는 주님

한 방울의 피가
전신에 퍼질 때
주님이 내 안에 녹아지는가.

주님의 십자가에 내가 살고
내가 죽어 주님과 함께 사는 신비神秘
잉태와 산고를 찬양한다.

떼어 주시면 나누고 받아
변신과 부활의 역사

정죄 위에 다스리는
내 십자가 밝은 영혼으로
거듭나는 삶을 찾으리.

빛

하늘이 들어온
새로 지은 빛

생기가 들어와
부활생명인

내면에 정립한 자아自我
갈급한 내면의 지성소

영혼이 함께하는
생명의 빛 사랑의 빛

하와이에서

하와이에서
날짐승들의 보금자리같이
절묘한 모습을 바라본다.

어엿이 한글로 새긴
'한인교회' 간판 앞에서
어딘가 깃들어 있을 내 나라 얼
어딘가 깃들어 있을 하나님 은총
계절 소식 전하는 전령처럼
설레는 가슴을 진정시킨다.

한 역사 점철한 감회 새기며
한국인 주소
한국인 이름으로
울컥 솟는 서러움 삼키고

한 장의 엽서에서
고난의 역사를 반추한다.

촛대의 말

고스란히 태워 바치는
삶이기에
이 몸 바쳐드립니다

태워드리기 위해
겸허히
이 몸 내어드립니다

청결하고 흠이 없이
곱게 가꾼 이 몸
의지하고 가시옵소서.

마지막 가시는 길
깨끗이 태워드리기 위해
이 몸 목욕재계沐浴齋戒도 했습니다.

해바라기 촛대

그리워 그리워 해바라기 되었습니다
아니 보시기로 작정하셔도
제가 바라보고 있기에
아무 소용이 없습니다.

눈을 감아도 저는 거기에 있고
고개를 돌리어도 저는 거기에 있어
피할 길 없는 태양처럼
온 누리 가득 찬 존재랍니다.

눈이 부시지 않습니까
활활 타오르면서도 꺼지지 않는
한사코 따라붙는
해바라기 촛대랍니다.

새벽 전철에서

시간의 노예들같이
삼매경에 빠져드는 잠결
주렁주렁 매달려가고 있다.

산다는 것
그 긴 터널 속을
끊임없이 지나가는 것
시간의 방울소리에
이끌려가는 군상을 바라본다.

끝도 시작도 없는
주어졌기에 감당해야만 하는
숙명적인 여로旅路는 끝이 없다.

더러는 의미 있게도
더러는 무기력한 채
더러는 기세당당한 채
약한 자의 슬픔을 숨긴 채
모이고 흩어지는 군상들,

신이여
오늘도 무사히 귀가케 하소서
상하지 않은 마음으로
내일을 소망케 하소서.

병원 대합실에서

제 시간에 의한 제 대우라는 듯
중환자가 보이지 않는다.

시간이 흐르는 가운데
생명을 다스리는 神도
호명하는 이름에 귀를 기울인다.

세상 짐을 짊어져다 부린 채
신부님께 고해성사하듯
하얀 가운을 기다린다.

단정한 차림과 청결도
분주한 현장에서 밀려난 채
치유를 기다리는 얼굴들,

네 병 내 병 까발려
서로 주고받는 약 처방
진단이 내려진 채
권위의 형식이 대기하고 있다.

부활

죽음의 권세 이기신 예수
무서워 말라하시니
죽음도 두렵잖아
감사 찬미 드리네.

죽은 지 삼 일 만에
부활승천하시니
예언의 성취로
인류의 소망되시고

"요한의 아들 시몬아
네가 이 사람들보다
나를 더 사랑하느냐"
세 번째 물으심은
예수님의 뜻을 바로 깨닫게 하시려는
간절한 바람이었으니

다짐하고 다짐하신 후
"내 양을 치라" 명하시는
이 땅 위에
하나님의 나라와 그 의의를 심고자
얼마나 갈망하셨을까

인류의 죄 사하시고자
겟세마네 동산에서 피를 흘리시며
어두움의 권세 이기시려는
그 간절한 기도
골고다의 언덕길에
십자가 지시고 쓰러지며 오르시던
우리의 죄 대신 지신
크신 사랑 구원의 주시여

삼라만상이 우러러
부활승천 찬미하니
죽음에서 다시 사는
이 땅 위의 새 소망이어라.

나 가는 곳 어디고

나 가는 곳 어디고
하늘 우러러
푸르름 우러러
소망을 키우니

봄 여름 가을 겨울
순리로 화합하는 속에
부풀린 소망 키우며

생명 있음에 감사하고
존재했음에 보답코자
주어진 인연에 봉사하는
더불어 사는 즐거움.

오직 진실과 성실함으로
어두운 세력 물리치며
선과 악 구별로
공의의 신 앞에 쓰임 받고자
오직 또 오직
간구하고 간구함으로
나 가는 곳 어디고 함께하겠네.

눈물 한 방울, 이슬 한 방울

이슬이 내리지 않는 초원에
주님의 눈물 한 방울
이슬 한 방울이
세상을 살리나이다.

사막에서 선인장이 솟듯
메마른 심령에
내리는 눈물
하나님의 숨결이 이슬 되어
충만한 은혜로 내리나이다.

목이 타들어가는 갈증에도
주님, 은혜의 눈물에
초원에 내리는 이슬처럼
은총이 내리나이다.

낙엽 지는 밤에

적막한 밤에
아스라한 임의 모습
청사초롱으로 오시네.

고요히 지는
낙엽에 연서를 새겨
그대 창문에 날리리라.

연서 속의 모닥불
화들짝 지피어
꿈의 나라에도 꽃피리.

가로수街路樹

계절마다
제 모습 새롭게 단장하고
거리마다 곧게 선 모양
기사도를 보여주는 행렬.

찌는 듯한 태양을 이고
헐떡이다
의연한 기상으로
거리의 천사같이
시대의 물결 위에 林立하여
언제나 버티고 서서
넘나드는 행렬을 지켜보며
제멋에 겨워 산다.

그도 손을 흔들지만
스치는 행렬마다
어차피 태어난 것들은
더러는 거들먹거리다가도
철들 때면 언제이드냐
고개 숙이듯이
그 또한 길 가에 서있는 모습,

야누스의 얼굴이
그들 만이겠느냐고
온종일 수런거리다가도
지친 나그네라든지
주정뱅이도 걸음을 멈추고
쉬어 가게 한다.

첫눈으로 오시는 주님

지난밤에 찾아오신
하늘나라 손님은
하얀 소복 차림이었습니다.

모두들 잠든 밤
사뿐 사뿐
소곤 소곤
너울너울 춤추며
새벽기도 가는 사람들 머리 위에
축복처럼 내리십니다.

그들의 마음 되어
그들의 소원 되어
그들의 기도 되어
온 누리에 쌓이고 쌓입니다.

날이 새고
태양이 솟아올라
새날을 만끽하라고
조용조용히 주님이 오십니다.

기도

고마우신 여호와 하나님
이 나라를 불우한 환경에서
풍요로운 오늘을 허락하셨나이다.

헐벗고 굶주린
동포들을 생각하면
가슴이 찢어지는 듯합니다.

민족의 숙원인
조국의 통일을 오매불망 갈망하는
저희들에게 희망을 주시옵소서.

사랑의 아버지 하나님
요즘도 세상이 어지럽습니다.

돈의 매개체가
사람을 죽이기도 하고 미치게도 합니다.
존엄한 인간들이
물질의 노예가 되어가고 있습니다.

생명을 주신 하나님 아버지
이 무지한 죄인들을 용서하시옵고
비전포럼 날개 아래 모이게 하옵소서.

새 생명으로 다시 태어나
주님께 쓰이어지는 인간으로서
소명 다하여 구원 받게 하소서.

제3부

그리운 시어들

봄꽃

화사한 봄 동산에
사람 꽃 피었네

왕좌로 군림하는
봄 동산에서

만조백관 거느린
궁궐 안 꽃길

손에 손잡은
아이들 어버이들

산에 산에 들에 들에
사람 꽃이 피었네.

앙금

세월은 제멋대로
앙금을 만들고
숱한 사연 동반하여
갈등을 유발한다.

만남의 앙금들은
저마다 가슴 저며도
피할 수 없는 섭리
순명에 따를 뿐
그게 인연이라 하자

그게 다 영혼 길에
필연이라 하자

그러나
안으로 식히다가
벙어리 된 친구야
결국은
기다림도 찾음도
익숙한 순리에서는
소중한 앙금인 것을……

비문碑文

－어머님의 비碑를 세우며

－앞면－
어머니 당신은 가셨지만
영원히 살아 계시네요.

어머니 당신은 떠나셨지만
날마다 새롭게
당신의 자리를 지키시네요.

어머니 당신은 보이지 않지만
당신이 지키시던
새벽 청순한 시간
신에게 무릎 꿇던 모습
부지런하시던 삶의 모습

당신의 생생한 가르침
청빈, 참을성, 근면성……
항상 눈앞에 귓가에 생생합니다.

날마다 우리와 같이 계시는 어머니는
여기에서도 살아계십니다.

-뒷면-
출생 : 음력 1903년 4월 1일

타계 : 음력 1978년 1월 9일

건립 : 음력 1993년 6월 5일

　여기 全鍾寬의 아내 李鉉鈺 女史의 영혼을 담았던 그릇
(육신)이 이곳에 묻혔기에 기념하고자 이 비를 세운다.

어머님이 오라시면

어머님이 오라시면
저는 가기만 했어요.

어머님이 가라시면
저는 오곤 했지요.

호젓한 시간이면
두 줄기 뜨거운 비가 내립니다.
이 흠뻑 적셔진 살갗에서
어머님의 젖내음을 맡습니다.

어머님!
이 불효자식으로 인한
애환의 시절을……

다만 당신이 신봉하는 신에게
자식의 앞날을 기원하는
간절한 모습이 떠올라
어머님이 오라시면
저는 가기만 했다고 고백합니다.

이 세상 어느 누구도
하나님 앞에 의인일 수 없듯

이 세상 어느 누구도
부모 앞에 효자 될 수 없어
외치며 부르짖어도 대답 없는
허공중의 메아리—

전 생애 다 바친 당신의 기원

먼 훗날 반짝이는 별빛으로
돌려드릴 길 없는 한을 어찌합니까.

우리는

우리는
매일생한불매향梅一生寒不賣香을 읊조리며
이른 봄을 장식하는 매화꽃이란다.

긴긴 성상 갈고 닦은 기량으로
순결을 지켜온 백합꽃이란다.

우리는
언제까지나 새벽부터 일하며
가족사랑 넘치는 나팔꽃이란다.

우리는
부드러운 품성으로
한 잎 두 잎 희생을 감수한
자애로운 목련꽃이란다.

우리는
절개를 자랑하지 아니하고
수줍으면서도 고상한 국화꽃이란다.

우리는
강인한 인내의 여인
날선 은장도 가슴에 품은 무궁화꽃이란다.

우리는
정의로운 삶을 향해
온유와 겸손으로 기원하는 해바라기꽃이란다.

우리는
자손들의 강녕을 빌며
주름진 얼굴에 미소 짓는
아름다운 여성의 웃음꽃이란다.

얼의 계승
−신석정 선생님 추모집에

향촌에 머물러
내 나라 지킴이 되시고
내 고향 지킴이 되셔서
후학들의 오진 얼로 살아계시니
우리들 가슴 속에 영원히 빛날 스승입니다.

평소에도 기개 우람하셨으니
소인배들이 그 기개 꺾지 못해
잔혹한 내선일체의 간교로도
동족상잔의 처절한 죽음 앞에서도
죽으면 죽으리라 버티신 기상

아아, 그 누구랴
조국 사랑 나라 사랑 이으셨으니
순백의 얼, 서럽게 읊으시던 목가가

오늘 내 마음에 잠겨
고매하시다, 그 기상 고매하시다 소리치네.

해바라기

태양의 막내딸로 태어나
하루 내내 의기양양
졸졸 따르다가도
태양이 떠나면
풀이 죽어 고개 숙이네.

해만 바라다보느라고
목을 길게 뻗은 모습
둥글게 둥글게 세상을 사는
창조주의 속마음을 닮아
세상 꽃 중에서 으뜸자리.

자만심에 취하여
서민들의 눈을 부시게
황금빛 옷을 입고

창공을 향해 뻗어 오르다
멈춘 얼굴,
허공에 매달려
욕심을 속죄하는 모습.

늦가을 서릿발에
까맣게 타도록
참회하는 자태
외면한 사랑의 고독을 본다.

귀로 歸路

돌아가는 길이 아니라
돌아오는 길이라네

그 길은 흙으로 가는 길
다시 땅에 머물고
내일에 새싹으로 움트는
새 일의 시작이요
다시 멍에가 지워지는 것을……

영원히 가는 것도 없고
영원히 머무는 것도 없는데
시간에 따라 변형되는 것들 속에서
잊고 사는
존재의 인식만이
관계의 양상만이
시간의 그물에 걸렸을 뿐

허공으로 사라지는 온갖 소리
초토화되는 온갖 형체
시간에 살다 시간에 지워지는
시공은 영원한 색즉시공色卽是空
다만 신앙 그 실상만으로
가고 오고 머물기도 한다네.

역 驛

그리움에 살고
기다리며 사는
인생은 마중 길.

서러워도 살고
사랑과 미움에도 사는
인생은 교차로.

미운 정 고운 정도
얽혔다 흩어지는
마중 길과 배웅 길.

그러나 또 하나
어쩔 수 없이
돌아가야 하는
첫차와 막차의 사연.

마침표 찍을 때까지
인생의 끝없는
갈림길 통로.

둥지

노을 속에 반사된
기와지붕들 옹기종기
숱한 사연 실어 사운대는 불빛
저무는 하루와
깃드는 어둠 속에
인생 둥지 아름답다.

저토록 강렬한 석양빛이
인생의 마지막
영혼이 가는 길에도 밝히는 건가

내 갈 영혼의 길목에도
노을 빛 속의 지붕처럼
속절없이 맞는가.

아름답게 타오르는
찬란한 보금자리, 꿈의 집으로.

경작 耕作

인생은 오직 경작이라네
시작도 과정도
그리고 남은 시간까지도
오직 경작하는 삶이어야 하리

그렇지 않고는 무엇이라고
뚜렷하게 들고 나설 수 없는
세상엔 허다한 것들과 이유가 있지
그것들을 이기기 위해서는
부단한 경작의 수고가 있어야 하네

졸지도 말게
눈을 항상 크게 뜨게
귀는 막는 것이 좋으나
진실한 소리만은 들어야 하네

가슴은 모든 것을 받아서
다시 하늘로 퍼 올리게
푸른 창공은
그것을 위해서 있다네

땀과 눈물과 인생……
푸른 창공……
아아, 얼마나 경작하기 좋은 환경인가

눈물은 메마른 가슴의 단비라네
내 육체의 푸른 창공일세
눈물은 내 작은 체구의 옹달샘
메마른 땅에 기름진 활력소라네.

그리운 詩語들

－신석정 선생님을 추모하며

대원사 풀밭에서
이쪽 길로 올라오라
손짓하는 모습

도솔사 보리수나무 열매를
선생님께서 주워주시며
웃으시던 컬컬한 음성

다 멀어져 간 지금도
새록새록 어른거리니
가을 단풍 계절이 옴이라

떠나간 것들의 흔적마다
그리움에 하늘만 응시하니

서로 가까운 만남
살아서 돈독히 하자
되뇌며 찾는 옛 벗

선생님 계실 때 남기신
시어들 속에 잠겨
그리움 삭혀봅니다.

地球村 詩祝祭

서로 다른 모국어는
베를 짜는 씨줄과 날줄이던가.

각기 다른 빛을 지니고
지구촌 꽃무늬 새기는가.

오랫동안 통하지 않던
벽을 허물고
저마다 토하는 가슴의 詩語들
지구성의 일대 합창이었다.

지구의 섬나라 일본 도쿄에서
만물의 영장으로 창조된
인류가 인간답게
창조의 질서를 찾고 있었다.

저마다 지닌 번민을 털어놓고
가슴 속 응어리를 모두 태우며
진실한 詩語로 가슴을 여는
사랑과 생명의 축제가 열렸다.

각기 다른 날짐승들처럼
다양한 목소리로
아름다운 무늬를 놓아가는
세계시인들 웃음꽃이 환하다.

전나무에게

아침 뉴스를 듣다가
몹시 답답하여
창밖 전나무에게 물었다.

곧고 곧은 전나무야
사시장철 푸른 전나무야
세상은 온통 요지경 속인데
너는 언제나 한결 같으냐.

사람들이 저리도 변하고
세상이 저리도 변하는데
너는 들은 척도 안 하느냐.

그런 상황에서도
보여주고 들려주니
식물성 정신이 살아난다고.

전나무야, 전나무야
옆도 뒤도 돌아보지 않고
하늘만 꼿꼿이 쳐다보는
늘 푸른 진실을.

갈릴리 호수에서

갈릴리 호수에서
이방인을 생각한다.

티비리유스 황제 이름 디베랴 바다
게네사렛 호수 물결
긴네렛 바다, 하프 모양의 호수
폭풍을 잔잔케 잠재우는
순종의 미덕을 생각한다.

지중해보다 낮은 자리에서
갈릴리 호숫가를 거닐던
꿈 많은 이름들을 생각한다.

정성을 다하여 뜻을 펴시던 곳
부활 이후 세 번 나타나셔서

"깊은 데로 가서
그물을 내려 고기를 잡으라."
얕은 곳에서 허우적거리는
베드로와 같은 저희에게
오늘도 새삼 일깨우십니까.

깊은 바다에 그물을 내려
순종한 베드로처럼
그물이 찢겨지도록
사람을 낚는 어부의 소망으로
주님이 저희에게 향하는 것을
깊은 곳으로 내려서
순종함으로 소망을 얻는
존재의 깊이를 주십니까.

베드로가 깨달음에 직면해서
"주여, 나를 떠나소서" 하고
죄인임을 고백하듯
깨달음을 얻게 하십니까.

단장의 가을

적막이 가득한 뜰에
귀뚜라미 소리가
침묵을 조각내고 있다.

여윈 마음 울적
애잔한 독백에
귀를 기울이면
단장의 가을이 속내를 드러낸다.

가난한 시간에 기대어
금방 눈물 뚝뚝
떨어뜨릴 것만 같은
청자빛깔의 하늘에
가슴을 비벼 울음 운다.

점심시간에

점심시간에
성스러운 공간에 불이 켜지면
한 사람 한 사람
빈 의자 가득 채우고

키보드에서
흘러나오는 멜로디
은혜의 찬송이 번지네.

어느덧 찬송 소리
합창으로 드높아 가고
가슴마다 스미는 신의 은총
온 누리 뜨거운 기도가 되네.

겨울나무

자기만 아는
이기적인 삶은
깡마른 겨울나무
웅고되어 도사린 모습.

봄비가 내리면
살아나는 초목들
날개를 펴 창공을 날으리.

겨울나무는
봄꿈을 꾸다가
일제히 팔을 벌리고
하늘로 솟으리.

입관

육체는 영혼의 그릇이란 말인가
늘 바쁘게 오가던 발도
분주하게 움직이던 손도 멎고
눈은 감은 채 입은 다문 채
언제까지나 고요하기만 하다.

우리들 모두
다시 못 볼 당신을 주시하지만
아랑곳하지 않은 채
꼿꼿이 누워만 계십니까?

제발 좀 눈을 뜨시고
입을 열어 말을 해보세요.
그리도 자상하신 당신인데……

제4부

초가을 데생

구두 한 짝

철제들이 질주하는 도로에
내동댕이쳐진
구두 한 짝

차바퀴 바람 도주한 자리에
고양이에 쥐 같은 놀림감이 된
구두 한 짝

누가 간 흔적인가
풍비박산한 생명 하나
뒹구는 낙엽이라니……

동백꽃

아직도 바람이 쌀쌀한데
봉오리 주렁주렁 맺힌 꽃잎
새봄 맞아 치장이 한창이다.

베란다에 옮겨놓고
한 송이 한 송이 피어날 때마다
꽃의 품격을 배우는 듯
애틋한 소녀의 화사한 모습
수줍은 얼굴에 홍조가 어린다.

일출과 일몰의 극락 환희에
이글거리는 연인의 얼굴
새로운 생명 펄펄 넘치는
요염한 요정들 얼굴들뿐이다.

잔디밭에서

뿌리가 깊고 넓게 자리했구나
애당초 제거했어야 할 걸……

무슨 욕심이 그리도 많아
온갖 잡풀 다 품었는가.

바람은 왜 그리 오지랖도 넓어
이 많은 풀씨를 옮겨 왔는가

형체도 분명치 않은 욕심인데
자라는 기질도 지독하여
원치 않는 잡초 밭이 되었구나

쓰레기더미 범람한
세상 속같이 되고 말았구나.

桂林

융기隆起한 기암괴석奇巖怪石들
아기자기 도란도란 이웃동네하고
산자락 곱게 감긴 비단 폭 물은
궁중에 깔려진 화문석처럼
수려한 몸매 자랑하고 있다.

면면이 새 얼굴
군자 신랑 맞는 요조숙녀
하늘 아래 머금은 신비
안개구름 휘감고 있다.

언제까지나
정갈한 여인의 아리따움에
취하여 밤낮을 뒹굴며
벗어날 줄 모른 채 잠겨 사는
사내의 용트림 몸짓,

세상 기암 다 끌어다 세운
세상 물줄기 모두 끌어들인
세상 구경꾼 다 밀려오는
창세기 일장이 여기에 있네.

초가을 데생

짙푸른 하늘에 널려있는
새털구름에 추억이 아른거린다.

잊지 못할 추억들 엉거주춤
지우지 못할 사연들……

친정어머니 떠나보낼 때의
허통한 단애의 현기증

비행기 떠날 임박

적막강산 홀로
아쉬움 외로움 휘몰아
수평선 아득히 나 홀로 뜬 배.

소록도에서

뼈를 깎고 살점을 도려내는
고통을 감내하며
끊임없이 인내하는
숙명지워진 천형의 길
한 생 숙연히 산다네.

동가식서가숙하는 동안
일그러지고 문드러지는
아픔을 감내하며
협동으로 타이르고 일깨우며
한 생 산다네.

혼자는 외로워 혼자는 두려워
환고향 위하여 천국같이 살려는
바다에 떠오르는 태양을 벗 삼아
한 생 산다네.

가을 들녘에서

시드는 뙤약볕 고즈넉이
알알이 열매로 가꾼
들녘에 서면

여름철 짓궂게 퍼붓던 장마에도
매달린 고추와 가지들이
안쓰럽도록 고마운 것은
아픔을 겪어낸 사연이 깊었기에

제 구실 다하는 열매로
오곡백과 가꾼 손길에
밀레처럼 머리를 숙인다.

나팔꽃처럼

이른 새벽길에
활짝 웃음 짓는 나팔꽃처럼
티 없이 맑은 마음 되어
오순도순 희망의 노래를 부르리라.

고통이 우리네 삶 속에 깃들 듯
견디어내는 의지가
우리들 삶의 지혜라면
오늘도 기꺼이 이겨내리라.

오르고 또 오르며
줄기 억세게 펴내
봉오리 봉오리로 이어내면
아침이슬에 피어 웃는 얼굴들
다시 보리라는 소망 가득하니

오늘도 내 삶 다 하도록
줄기차게 줄기줄기 피어 올려
활짝 웃음 짓는 얼굴들
봉오리 봉오리로 맺어가리.

코스모스꽃길에서

작열灼熱하는 햇살 속 긴 여름
고즈넉이 견딘
엷은 입술 지긋이 미소 짓는
청초한 소녀들

서로 얼굴 맞대고 활짝 웃는
달맞이 나온 궁녀들같이
무리지어 호들갑을 떠는 처녀들

스산한 가을밤에
청초한 요조숙녀 웃음소리
와자지껄 발랄하구나.

장승

마을의 지킴이가
두 눈 부릅뜨고 있다.

잡귀를 막아라
길잡이가 되어라
속알머리 없는 사람들도
소원풀이 푯대로 세울 때
마을의 수호신이 된다.

세상 떠돌다가
지친 길손에게
인적 가깝다는 신호를 보내
휘이휘이 살아가는
긍지와 자부심의 이정표
화살표 장승이 다시 산다.

빨간 단풍나무이듯

빨간 단풍나무이듯
해맑은 내 한 생
흠점 하나 없이 살고파
그런 삶의 빛깔처럼
내 생애 지는 시간에도
아름답게 물들었으면……

나 이제라도
산과 들과 함께
내 삶에 빛을 찾는다면
저토록 아름다운
빨간 단풍나무로 물들리라.

싱가포르의 하늘

싱가포르의 하늘은
바다 속 별들을 보다가
제 살에 박힌 별들을 본다.

싱가포르의 하늘은
푸른 숲에 내려앉아
제 살과 같다고
무척이나 소곤댄다.

싱가포르의 하늘은
무척이나 깜빡이며
몸살 앓다가
잿빛으로 오열하며 울어댄다.

스스로 오는 이
힘에 의해 오는 이
언제나 어디서나 자유로운 이
두려워 부르짖는 소리로

타닥 타닥 쾅 쾅
서쪽에서 번쩍
남쪽에서 번쩍
천둥번개 소리로 군림하는 힘

바벨탑 스카이라운지에
쏟아 내린 초롱초롱한 별들을
피뢰침이 관망하고 있다.

장강삼협長江三峽에서

굽이굽이 흐르는
도도한 물살 위에
신주호神洲號 뜨는가.

유수 같은 인생사
흔적만은 새로워
三國志 인물들 되새기네.

오늘 산에 올라 바라보니
시공도 부질없는가.
실존의 유구함이여.

파무협巴霧峽에서

장강삼협에 와보니
암석 뿌리 장엄한데
지구 한복판을 동서로 뚫었는가.

물살에 씻겨 씻겨
옥으로 남아
하늘을 찌를 듯
우뚝 솟은 바위마다
세상 동물 모형 다 붙이고

세상 꽃 다 붙였으니
자연조화 흉내 내며
세상 삶 누리는 인생들

낙엽 한 잎 떠서 가듯
물살 따라 노를 저으며
맑은 물에 손을 담그니
보드랍게 부딪치는 물 안마
혈관까지 씻어내라
비는 마음은 마치도
동양 산수 한 폭이 아니던가.

中央山脈 天祥 가는 길에

중앙산맥 천상 가는 길에
대리석 협곡을 바라본다.

대만의 하늘이라고
모두가 어지러워하면서도
비취색 하늘에 반한다.

대자연에 도전하는
가냘픈 인간의 손에 의하여
대리석 산에 구멍이 뚫리고
산의 살점 뚝뚝 떨어져나갔다.

정으로 찍어내는 소리 들릴 듯한
구불구불 구곡동 길
대리석 천정天井 길도 걸어보는데

아슬아슬한 절벽 돌비늘 떨어져
군데군데 패어있는 구멍
제비들 들락거리는 연자구燕子口
삼월 삼짇날 기념하는지
강남 갔던 제비들
곡예비행이 한창이다.

국경도 이념도 초월한
대자연의 품에서 만끽하는
제비들의 신선놀음에
감탄사가 절로 나온다.

神은 어찌하여 인간에게
축복으로 소유권을 주었는가.
자유자재로 이 하늘 저 하늘
날아다니는 제비도 경이롭다.

기암괴석 낭떠러지 계곡에
대리석 요를 깐 비췻빛 물결이
눈부신 햇살을 받아
무지갯빛으로 아롱진다.

카메라에 담고 싶어
셔터를 눌러댈 때
산은 조용히 미소하고 있었다.

금강산 편력

내 나라 명산이라기에
그리도 신령한 산이라기에
내 생전 못 볼까봐
통일되기 더 초조했는데
정주영 씨 놀랍게
모험 속에 뚫은 길

외금강이라서가 아니고
다만, 내 나라 땅인데
막혔던 서러움 있어
그 흙 위에
그 이름 위에
발을 딛는 것만으로도 감격한 여정

그러나
온 겨레 주인 되어 즐길 자연인데

붉은 글씨로 새겨진 큰 바위
김일성 김정일 찬양 글씨와
오르는 산길에 서있는 군인들 보며
어둡던 가슴 더 어두워진다.

새소리 한 가락 들리지 않고
맑은 물에 물고기 하나 놀지 않으니
더불어 있어야 할 것들이 없어서 흠이 되고
로뎅의 생각하는 사나이가
높은 산꼭대기에 홀로 앉아
허덕거리며 오르는 나에게
왜 내가 이 깊은 금강산에
앉아있는지 생각하라는 것 같아
생각에 젖어 있다가 내려왔네.

이과수 폭포에서

만물의 영장이라고? 아니다
저 쏟아지는 여신의 소피 풍경을 보니
우리는 미미한 풀 한 포기
바람결에 불리어 소멸되는
티끌 같은 소모품이라

그래도 감격스러워라
저를 보고 감상하고
표현하는 어휘와
즐길 수 있는 눈을
사람에게만 주신 특권이 아닌가.

새 하늘 새 땅에 쏟아지는
저 장엄한 지층의 물벽!
물보라 널리널리 날리는 가운데

사람들은 넋을 잃고
감탄을 연발하는
하나님의 걸작傑作을 보았네.

금강산 오르고 보니

바위 위로 흐르는 맑은 물과
하늘 높이 솟은 바위마다
만물상을 이루어
보는 이 저마다 명명하여
즐기는 바윗골

잠시나마
세상 염려 잊게 하는
신선놀음 즐기는 곳

바위틈에 뿌리 잘도 내려
살아가는 생명력에
보살피는 신의 손길 예 있음을
저들도 아는 양
맵시마다 기교부리고 서있으니

그 경관에 취한 환호소리
가슴마다 심는 신비로움
말마저 잊은 채
발걸음도 멈추게 하네.

무엇인가 찾아 헤매는
눈길과 가슴은
역사의 증거를 응시하고 있었다.

암스테르담 가는 길에

어제부터 오던 비는
오늘도 질질 짜면서
내 옷에 매달린다.

유럽 하늘 나직이
종일토록 비를 짜 내리는데
무슨 사연 그리 서러울까

비를 떼어놓고 버스에 오르자
라인강 저편 하늘
무지개 곱게 아치 세워
웰컴! 하고 환영을 하는
암스테르담 고속 길

고향의 기쁜 소식인양
일제히 지르는 환호 소리에
답하듯 내 입속의 말은
"천사의 영접이다"라고 부풀어
섬처럼 외로운 한 시인의 행운을 빌고

분명 산이련만
완만한 고운 산등은
소의 허리 눕힌 듯
포근한 내 집 뜰 같고

잘 꾸며진 신부 방 같은
건축의 조형미 겸하여
심미감에 취한 들녘을 달린다.

널따란 푸른 초원
수정 같은 물방울 하나
때그르르 굴러오듯
달리는 차륜

자작나무 숲 사이 미인송은
다이어트 하는 여성 몸매 자랑하듯
저마다의 봄 내음 풍기는
겨울 길을

저마다 시심에 취한 채
표류하는 섬은
남쪽으로 남쪽으로 흐르기만 한다.

5월이면

연록 화사하게 피어난
사, 내, 들
갓난아기 정갈하게 씻겨 뉘인 양
비누 내음 짙고
배냇짓 쌔근쌔근 저 홀로 즐기는데

활엽수 곱게 단장한
저마다의 채색이
보글보글 끓어오르는
냄비 속 보듯 활기찬데

한세상 누리겠다고
돋아나는 새싹들이
슬픈 일이 없도록
아픈 일도 없도록
빌고 또 빈다.

시드는 장미

―LA에 사는 석진영 시인 집에서

꽃피던 계절의 흔적은
응접실 벽에서, 서재에서
손때 묻은 곳곳마다
고즈넉이 깃들어
의젓한 위상 묻어나지만

진열된 자리에 머물러있을 뿐
노쇠한 그녀는 시든 장미처럼
외딴집 인적이 끊긴 채
화려하게 장식된
지난 일들과는 관계없이
회상의 눈을 껌벅이고 있다.

스프링클러가 물을 뿌리며
정원을 가꾸다보니

꽃들이 만발하여
사방에서 활짝 웃어대건만
유한한 시간 앞엔
그것조차 음미할 기력을 잃은 채
인생의 허무를 반추한다.

기원하는 소망은

−동원병원 소식지 31호를 내면서

새날이 밝아오듯
해돋이의 아침 같게 하소서
따뜻한 봄날의 기운이 솟아오르는
새싹이 피어나는 동산이게 하소서.

중천에 둥실 떠오른
원만하고 강렬한 해와 같이
치유의 소망으로 가득 찬 가슴 속에
온 정성 다하여 기꺼이 드리는
하루가 되게 하소서.

다시 오지 않는 시간 속에
의사와 간호사와 간병인까지도
함께 어울려 자맥질하는
병실이 될 때

영원도 영생도 깃들어
사랑의 꽃동산이 되게 하소서.

春雨冬雪의 綠白心象

黃松文

詩人 · 선문대 명예교수

"마음이 반짝이고 소박한 사람은 神과 自然을 믿는 법이다"라고 H. W. 롱펠로는 말했다. 반짝이고 소박한 사람은 신의 언어의 집에서 살고자하는 사람이요, 영혼의 음악을 듣고자하는 사람이다. 이러한 마음을 지닌 신앙인은 모든 사람에게 선을 베풀고자한다. 항상 기뻐하고 늘 기도하며 어떤 처지에서든지 지은보은知恩報恩이라는 말 그대로 은혜에 감사하며 보은을 하고자한다.

전덕기 시인이 시선집『가을 들녘』을 상재하게 되어 시 작품을 살펴보는 과정에서 떠오른 생각들을 모두에 축약해 보였다. 그만큼 전덕기 시인의 마음 세계는 시어詩語가 풍부한 샘을 지녔다고 말할 수 있겠다.

문제는 그 옹달샘 물을 얼마나 적절히 사용하고 있느냐가 관건이다. 한약재를 약탕관에 넣고 끓이는 데에 사용할 수 있겠고, 술을 빚는 데 사용할 수도 있을 것이다. 때로는 본질을 파괴시키지 않기 위해서 유리컵이나 사기그릇이나 뚝배기 등등 다양한 용기를 이용할 수도 있겠다.

이때의 적재적소適材適所는 시인의 본성보다는 시적 표현 방법이 중요시된다. 많은 기독교 시인들이 매력에 넘치는 시를 쓰지 못하고 맹물 같은 글을 쓰는 까닭은 종교의 이념이 생활화되지 못한 채 설교조의 형식과 우월감에 길들여져 있기 때문이다.

전덕기 시인도 이 범주에서 크게 벗어나지 않는다. 독실한 기독교 가정에서 자란 그녀는 특히 양친의 훈육을 통하여 지고지선至高至善이 몸에 배어있다. 신앙심의 고열로 인한 과잉된 의식은 자칫 설교적 설명의 나열로 나타나기 쉽다.

이렇게 되면 시의 본질적 요소인 옹축의 묘미에서 멀어지게 된다. 그런데 다행하게도 그녀의 시는 지고지선하게 샘솟는 언어의 샘으로 인해서 평이한 다작 가운데 반짝이는 사금을 가끔씩 발견하게 된다. 이는 시적 방법에서 나오는 게 아니고, '샘'으로 비유되는 본래적 제일의 천성에서 기인되는 것으로 보인다.

어느 먼 고향에서
보내어 온 소식이기에
저리도 반가운 아침에
함박눈으로 오시는가.

어떤 사연 그리움이 깊기에
너무도 할 말이 길어
하얀 백설로 소리 없이 오는가.

세상의 온갖 어지러운 번뇌
덮어주고 품어주려고
긴긴 겨울밤 지새워가며
하얗게 밤을 새워 오시는가.

하늘 입김으로 피워낸
하얀 겨울 꽃 되어
축복의 기도소리 소곤소곤
끝없이 쌓이고 쌓이고……

세상을 온통

순결하게 하시는가.

—「눈 오시는 아침」 전문

여기에서는 하얀 '백설'과 하얀 '겨울꽃' 축복의 '기도소리', '순결' 등의 시어詩語가 눈길을 끌었다. 그의 지극히 순후하고 지극히 착한 내면의 선의식善意識은 아름다움으로 나타나게 된다. 그런데 이러한 과잉된 의식은 절제가 요구된다. 여기에서의 '함박눈'이라는 백색 이미지는 '순결'로 나타나게 된다.

이 한 편의 시에 눈길을 끄는 사물은 '함박눈'을 비롯하여 '백설'과 '순결'인데, 여기에는 '하얀'이라는 색채어가 따라붙어서 '백설'과 '순결'를 더욱 집중적으로 강조하고 있다.

이러한 표현의 내면에는 전덕기 시인의 바람이라는 원망공간願望空間이 자리하고 있음을 유추할 수 있다. 정화가 필요 없는 맑은 물을 연구하려 하지 않는 것처럼 특별한 기교를 필요로 하지 않다 보면 문예창작에 있어서의 쾌락적 요소에 등한히 하게 되기 쉽다.

문학에 있어서 교시성과 쾌락성은 균형과 조화를 요한다. 전덕기 시인의 선의식과 가정에서의 훈육은 교시성을 확고하게 자리 잡게 했다면, 종교 생활에서의 그 형식성은 기교에 등한하게 되는 것으로 보인다. 특히 기독교의 생활 규범은 엄격한 브레이크 장치가 작동되게 마련이다. 그 제동장치가 강하면 강할수록 쾌락적 기능은 위축되기 마련이다.

종교의 이념은 문학예술을 보다 위대한 문학예술로 승화시켜주는 정신적 자양이 풍부한 데 비하여, 그 지나친 형식은 문학예술을 굳어지게 하는 면이 있다는 점을 간과해서는 안 된다. 이 문제를 떠나서는 정면으로 파악하거나 해석하기 어렵기 때문이다.

먼 고향 소식 전해온 듯
반가운 아침 하얀 뜰
찾아도 찾아도 티끌 하나 없는
하얀 백지 펼쳐진 눈의 나라.

세상의 온갖 더러운 것
덮어 주려고
긴긴 겨울밤 지새우며
찾아온 순결의 천사.

하늘 입김으로 피워낸
하얀 겨울 꽃 되어

소곤소곤 축복의 기도소리
쌓이고 쌓이어
눈 세상은 순결의 나라.

먼 고향 소식 전해온 듯
반가운 아침 하얀 뜰.

—「고향 눈」 전문

이 시 역시 "하얀 백지", "눈의 나라", "하얀 겨울 꽃" 등
의 시어를 도출시켜 백색 이미지로 시각의식을 펼치고 있
다. 그리고 이러한 시각적 색채의식 내지 형태의식은 "순
결의 천사"라든지, "순결의 나라"를 유추하게 하는데, 그
바탕에는 "축복의 기도소리"라고 하는 기독교 이념이 자
리하고 있음을 알 수 있다.

이러한 '눈'의 이미지는 종교에서 지향하는 절대순결이
라든지, 지극히 아름답고 선한 설국雪國 같은 천국을 희구
하고 있다 하겠다. 그 백색 이미지의 극치미란 이 시작품
에서 보여주고 있는 바와 같이 "티끌 하나 없는 하얀 백지
펼쳐진 눈의 나라"라는 성격으로 나타난다 하겠다.

하얀 백지 위에
당신의 그림으로 채우게 하소서.

헝클어진 삶일지라도
아름답게 모자이크하소서.

제가 갈 길을 모르오니
바른 길로 이끌어주소서.

이렇게 이렇게 뉘우치면서
주님의 뜻 미치지 못함을 슬퍼하며
밤을 지새우게 하소서.

다만 알몸으로 서있는 저에게
깨우침의 은총을 허락하소서.
                                   ―「기도 2」전문

　이 시에서도 "하얀 백지"가 등장한다. '백지'는 물론 하얀 색이니까 "하얀"이라는 수식이 필요 없다. 그런데도 여기에 구태여 끼워 넣는 것은 그만큼 흰색의 순결성을 내비치고자하는 심리상태를 엿볼 수 있겠다. 그 다음으로 이어지는 말은 "뉘우침"과 "깨우침"이다. 뉘우침을 통한 깨우침이라는 각성이 아름다운 모자이크로 나타난다. 즉 시의 형상화에서 본의를 보여주고 있다 하겠다. 이러한 "깨달음"은 시「내 가슴 속에는」에도 이어지고 있다.

내 가슴 속에는
깨달음에 목마른 기도소리가 있다.

정원사의 가위에
싹뚝 싹뚝 잘려지며
다듬어진 맵시 산뜻한 목소리.

깊은 산속
반석 위에 흐르는 맑은 물소리
청순한 아침 일깨우는 새소리

봄 동산에 움트는 새싹처럼
파릇 파릇 싱그러운 그 소리가
내 가슴에 피어나
얼싸안고 볼 비벼대는
그런 목소리가 있다.

―「내 가슴 속에는」 전문

앞의 시들이 시각 심상이 대부분을 차지하고 있다면, 이 시는 청각 이미지로서 "깨달음에 목마른 기도소리"라든지, "반석 위에 흐르는 맑은 물소리"나 "청순한 아침 일깨우는 새소리" 등 청각 심상이 강세를 보이고 있다.

이 시에서 식물에 가위질을 하는 정원사는 신, 하나님

을 암유暗喩한다. 나무들의 가지치기를 위해서 가위질을
하는 정원사는 바로 대자연을 창조하고 재단하는 절대자
신을 암유한다. 그 절대자는 대자연을 창조한 창조주로서
정원사요 디자이너인 셈이다.

목련꽃에서
어머니의 얼굴을 봅니다.

가진 것 고스란히
피어 바친 후
비로소 얻는 잎새를 바라봅니다.
─중략─
정숙하라, 고고하라 일깨우시던
자애로운 어머니의 목소리
가슴으로 바라봅니다.

청초한 달밤에 싸늘한 꽃잎이
한 잎 두 잎 질 때는
더욱 더더욱 귓전에 와 닿는
어머니의 음성 때문에
두 손 모아지는 기도가 됩니다.
─「목련꽃에서」중 일부

어머니에게 향하는 그리움이 표현된 이 시에서는 '목련 꽃'과 '어머니'의 상사성相似性을 보게 된다. 목련꽃에 흡사한 어머니가 정숙하고 고고하라고 일깨우며 훈육을 하는 장면이 나온다. 자애로운 훈육의 목소리가 시인의 가슴을 울리고, 결국은 어머니의 음성으로 인해서 기도가 된다고 하는 교훈적 시작품으로 탄생하게 된다.

어머니 떠나신 자리에
제가 서서
당신이 맛본 인생을 삽니다.
ㅡ중략ㅡ
누구 앞에서도 떳떳한 인생이거라
인두껍을 썼다고 다 사람이냐
사람다운 일을 해야 사람이지.

검은 머리카락 하나 없이
그렇게도 깨끗한 백발의 외할머니
그 앞에서도 50대의 당신은
청광하기만 하시더니
어른과 나란히 앉는 법이 아니라고
외할머니 옆에 앉은 나를
책망하시던 어머니
돋보기 너머로 바라보시며

무언의 긍정으로 화답하시던
당신이 제 속에 사십니다.

                              - 「당신의 빈자리」 중 일부

고여 넘치지도 않으면서
가슴 밑바닥에 자리한
눈물 항아리

앞서가도 뒤서가도
가까워도 멀어도
서러움, 기쁨 다 끌어안을
기도 항아리

가슴 밑자리 아쉬움에
서원하며 매달리는
은총 항아리

모진 게 정이라고
샅샅이 비워도
어느새 새롭게 채워지며
끝내 곁에 자리한
눈물 항아리

                              - 「눈물 항아리」 전문

추수 마친 빈 들 쓸쓸할까봐

외면당한 겨울 땅이 슬플까봐
보리는 겨울 밭을 지킨단다.

꽁꽁 얼어붙은 겨울에도
푸르름 간직한
인고(忍苦)의 넋으로 사나니

봄의 선언서를 읽기 위해
겨울 들판을 굳건히 지켜낸
산발한 조상들의 신명이 살아난다.

─「보리밭」 전문

이 세편의 시는 인정미학을 나타낸 작품이다. 「당신의
빈 자리」가 어머니의 교훈적 발성을 반추하는 시라면, 다
음의 「눈물 항아리」는 시인 자신의 내면세계를 '항아리'
라는 형태의 생활문화재를 통하여 '서러움', '기쁨', '사랑'
등을 '눈물'과 '기도'와 '은총'으로 가름하여 형상화한 작
품이라 하겠다.

그리고 「보리밭」의 경우는 겨울을 나는 보리밭의 처지
에서 고진감래를 희구하는 의지를 내비친 작품이라 하겠
다. 엄동의 고난을 극복함으로써 '봄의 선언서'를 읽고자
하는 희망공간인 동시에 조상들의 신명이 살아나는 해방

공간이라 하겠다.

　앞의 시에서는 자애로운 모성애를 보였다면 이 시「보리밭」에서는 굳건한 부성애를 표현한 셈이 된다.

　　기도가 통하면
　　고여 넘칠 듯이
　　가슴 밑바닥에 자리한
　　눈물 항아리
　　―중략―
　　모진 게 정이라고
　　샅샅이 비워도
　　어느새
　　새롭게 자리한 정
　　끝내 곁에 끼고 사는
　　눈물 항아리

　　　　　　　　　　　　　　　―「눈물 항아리」중 일부

　　새벽마다
　　둥지의 창을 열면
　　온통 당신의 눈망울들
　　초롱초롱 밀려와
　　나는 한 마리 심해어
　　깊이깊이 헤엄쳐 간다.
　　―중간 생략―

올가미에서 벗어나듯
세상의 관계들을
툭툭 털어내고
독수리 하늘로 치솟듯
소망 찬 몸짓으로 헤엄을 친다.

　　　　　　　　　－「말씀의 바다」 중 일부

　앞의 시 「눈물 항아리」가 정적靜的이라면, 다음의 「말씀의 바다」는 동적動的이다. 기도가 통하면 눈물이 된다는 내용과 새벽마다 깊은 바다에서 헤엄을 침으로써 자유를 얻는다는 내용이다.

속이 빈 탓으로
달님도 기웃거리고
이끼 낀 담장기와
벗 삼아 살았소.

속이 빈 탓으로
시시비비도 가릴 것 없이
이제는 무념무상으로
빈 마음 다스리는 세월이었소.

적요한 밤

빈집 기둥 울듯
가랑잎 지는 소리
안으로 안으로만 울었소.

　　　　　　　　　　　　　　－「항아리」

찬양하는 사람마다
성령 꽃 피어
오색찬란한 꽃대궐 이루니

그 속에
날개 돋친 말씀이
모든 이의 가슴에 박힌다.

뭉게구름 피어오르듯
화음은 성좌의 자리로
모두를 이끌어간다.

　　　　　　　　　　　　　－「찬양하는 입」

내 마음 화단 되어/ 마음 꽃 피우네/ 새 소망 다가와/ 온종
일 소곤대네.// 싱그러운 풀 향기에/ 잠기는 꿈나라/ 유년
으로 회귀한 얼굴들/ 꽃들은 꽃끼리 속삭이고/ 잎들은 잎
끼리 비벼대네.// 아득한 날/ 유년의 꽃향기 성큼 다가와/
무지갯빛 꿈속의 소녀/ 푸른 날개 달고/ 화사한 세상에 붕
붕 뜨네.

　　　　　　　　　　　　　－「내 마음 화단 되어」

春雨冬雪의 綠白心象　175

짙푸른 하늘에 널려있는
새털구름에 추억이 아른거린다.

잊지 못할 추억들 엉거주춤
지우지 못할 사연들……

친정어머니 떠나보낼 때의
허통한 단애의 현기증

비행기 떠날 임박

적막강산 홀로
아쉬움 외로움 휘몰아
수평선 아득히 나 홀로 뜬 배.

　　　　　　　　　　　　　　　－「초가을 데생」

철제들이 질주하는 도로에
내동댕이쳐진
구두 한 짝

차바퀴 바람 도주한 자리에
고양이에 놀림감이 된 쥐 같은
구두 한 짝

누가 간 흔적인가

풍비박산한 생명 하나
뒹구는 낙엽이라니……

―「구두 한 짝」

　앞의 시 「찬양하는 입」이 天情을 나타냈다면, 다음의
시 「초가을 데생」은 人情(母情)을 표현하고 있다. 그리고
「구두 한 짝」은 응축의 묘미를 보여줄 수 있는 예감을 감
지하게 하는 작품이라 하겠다. 충만한 종교의식이나 신앙
심의 과잉에 의해서 자칫 시의 인플레 현상으로 나타나는
경우가 허다한데, 여기 「구두 한 짝」 등에서 보여준 언어
의 긴축은 반가운 일이 아닐 수 없다.

　앞으로 더욱 과잉된 의식에는 브레이크를 걸고 응축의
묘미를 살려나간다면 건조한 모래밭이 아니라 사금이 반
짝이는 강변의 모래밭이 될 것이다. 시창작의 방법을 개
선하여 선별적 집중을 꾀하기 바란다.

　가야금도 피아노도 조율하지 않으면 느슨하게 풀어져
서 음이 내려가기 마련이다. 쉬지 말고 기도하라는 종교
의 道나 첨삭과 조탁에 게을러서는 안 된다는 藝道나 가리
키는 방향은 일치한다.

　아직은 덜 익은 빛깔

마지막 내려 쪼이는
가을볕에 익는 과실처럼
그 햇살을 간절히 소원하네.
영혼이 철들기 위해.

쨍쨍히 내려 쪼이는 햇볕에
익어가는 곡식들이 고개 숙이듯
작열(灼熱)을 견뎌낸 오곡백과처럼
그 은총을 간절히 소원하네.
속사람이 영글기 위해.

알알이 풍만한 알곡 되고파
마지막 햇볕 쪼이며
순응하는 아름다운 자태여
그 순명을 간절히 소원하네.
순종의 미덕을 배우기 위해.

　　　　　　　　　　　　－「마지막 햇볕을」 전문

　이 시인이 햇볕을 간절히 소원하는 까닭은 영혼이 철들기 위함이고, 속사람이 영글기 위함이며, 순종의 미학을 배우기 위함이라는 내용이 되겠는데, 이는 기독교의 윤리에서 나타나는 교시성에 해당된다.

주루룩 주루룩
창에 부딪치는 빗소리에
잠이 싹 가신다.

봄을 가꾸시는 神의 전령인가
이 한 생 머무는
마음 밭에도 내려주시는 은혜!

꺾이어진 날개도 비상(飛翔)하려는
설레임에 영합(迎合)되어
홍건히 젖어든다.
－생략－

주루룩 주루룩
낙숫물 자국 패이듯
해마다 패여만 오는 나이테
나 홀로
다소곳이 쟁기질해 온 이랑

아득한 하늘빛에
마음 밭 푸지게 가꾸라고
봄비에 소생하는 수액이 흐르는가.
                              －「새벽 빗소리」

앞에서는 '冬雪'로 대표되는 하얀 눈의 백색 이미지로 지극한 순결을 표현했다면, 이 시 「새벽 빗소리」는 '春雨'로 대표되는 소생蘇生과 흥기興起의 본의를 나타내고 있다 하겠다. 우연의 일치일지는 몰라도 기묘하게도 전덕기 시인의 호가 '春雨'임을 어쩌랴.

그의 호가 함축하는 綠色心象과 시의 대세를 이루고 있는 하얀 눈의 세계로서의 白色心象이 조화되어 '春雨冬雪'이라는 至美至善의 이미지를 창출하고 있다는 점에서 이는 참으로 은혜로운 경사가 아닐 수 없다.

神은 인간을 낳고, 인간은 神을 표현(찬양)한다. 그 과정에서 종교는 위대한 詩가 태어날 수 있는 양질의 자양분을 지니는 동시에 그 지나친 형식은 詩 藝術을 굳어지게 하는 면도 있다는 점을 망각해서는 안 될 것이다. 크리스천 시인들이 대성하기 어려워지는 경우는 종교의 형식에 갇혀 있고 묶여있기 때문이라는 점을 참고하여 이를 전범으로 삼는다면 이런 노파심은 기우에 지나지 않을 것이다.

春雨冬雪, 봄비에 초록 생명이 움트고, 겨울 눈의 나라처럼 함박눈 같은 순백의 시를 쓰며 살다가, 그렇게 깨끗한 눈처럼 아름답게 빨래된 영혼으로 육신을 벗는 날 하나님 곁으로 갈 수 있다면 얼마나 좋을까 하고 부러워하면서 평설의 붓을 접기로 한다.

9

새미마당 19

가을 들녘

| 초판 1쇄 인쇄일 | | 2014년 8월 07일 |
| 초판 1쇄 발행일 | | 2014년 8월 12일 |

지은이		전덕기
펴낸이		정진이
편집장		김효은
편집/디자인		신수빈 윤지영 박재원
마케팅		정찬용 정구형
영업관리		한선희 이선건 이상용
책임편집		신수빈
표지디자인		신수빈
인쇄처		월드문화사
펴낸곳		새미

등록일 2005 03 14 제25100-2009-8호
서울시 강동구 성내동 447-11 현영빌딩 2층
Tel 442-4623 Fax 442-4625
www.kookhak.co.kr
kookhak2001@hanmail.net

| ISBN | | 978-89-5628-641-9 *04800 |
| 가격 | | 12,000원 |